Cha-cha-cha en la selva

Debbie Harter

traducido por Yanitzia Canetti

Barefoot Books
Celebrating Art and Story

Bien adentro en la selva, ¡atrévete a entrar!,
¿quién se está meneando por aquí y por allá?
Meneo-meneo aquí, meneo-meneo acullá,
¿qué criatura se menea por aquí y por allá?

¡ES UNA OSA!
¡Se menea-menea cha-cha-cha!
¡Se menea-menea cha-cha-cha!
¡Se menea-menea todo el día!
¡Así se menea con alegría!

Bien adentro en la selva muy boscosa,
¿quién se mece en la rama alta y frondosa?
Se mece-mece aquí, se mece-mece acullá,
¿qué criatura se mece por aquí y por allá?

¡ES UN MONO!
¡Se mece-mece cha-cha-cha!
¡Se mece-mece cha-cha-cha!
¡Se mece-mece sobre la grama!
¡Así se mece de rama en rama!

Bien adentro en la selva, un día caliente,
¿quién retumba con sus patas prominentes?
Retumba-tumba aquí, retumba-tumba acullá,
¿qué criatura retumba por aquí y por allá?

¡ES UNA ELEFANTA!
¡Retumba-tumba *cha-cha-cha*!
¡Retumba-tumba *cha-cha-cha*!
¡Retumba-tumba con sus patotas!
¡Así retumba la elefantota!

Bien adentro en la selva de árboles gigantes,
¿quién va aleteando por el cielo brillante?
Aletea-aletea aquí, aletea-aletea acullá,
¿qué criatura aletea por aquí y por allá?

¡ES UN PÁJARO!
¡Aletea-aletea *cha-cha-cha*!
¡Aletea-aletea *cha-cha-cha*!
¡Aletea-aletea al cielo infinito!
¡Así aletea el pajarito!

Bien adentro en la selva de árboles altos,
¿quién está aprendiendo a dar grandes saltos?
Salta que salta aquí, salta que salta acullá,
¿qué criatura da saltos por aquí y por allá?

Bien adentro en la selva tan peligrosa,
¿quién se desliza en la hierba verdosa?
Se desliza-liza aquí, se desliza-liza acullá,
¿qué criatura se desliza por aquí y por allá?

¡ES UNA LEOPARDA!
¡Salta que salta *cha-cha-cha*!
¡Salta que salta *cha-cha-cha*!
¡Salta que salta sin descansar!
¡Así aprende ella a saltar!

¡ES UNA SERPIENTE!
¡Se desliza-liza cha-cha-cha!
¡Se desliza-liza cha-cha-cha!
¡Se desliza-liza por la hierba verdosa!
¡Así se desliza la serpiente sigilosa!

Bien adentro en la selva, la noche acecha,
¿quiénes se balancean de izquierda a derecha?
Se balancean-cean aquí, se balancean-cean acullá,
¿quiénes se están balanceando por aquí y por allá?

¡SOMOS NOSOTROS!
¡Nos balanceamos *cha-cha-cha!*
¡Nos balanceamos *cha-cha-cha!*
¡Nos balanceamos con alegría!
¡Así nos balanceamos al final del día!

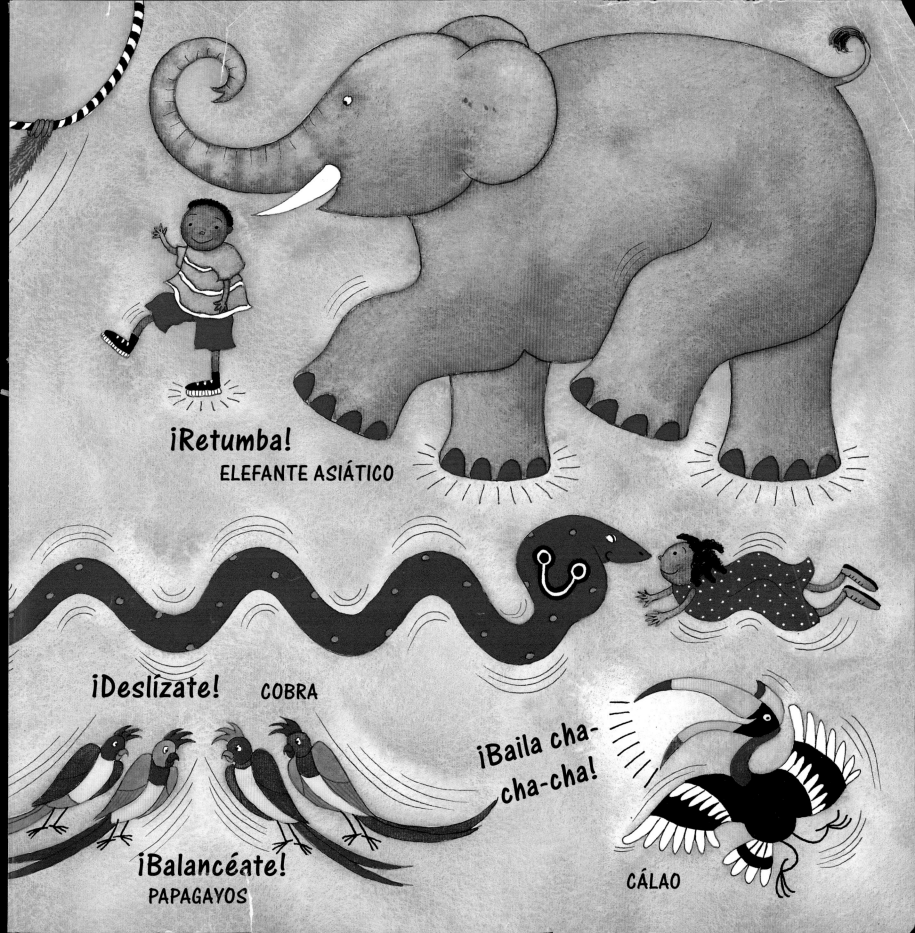

¡Retumba!
ELEFANTE ASIÁTICO

¡Deslízate!   COBRA

¡Balancéate!
PAPAGAYOS

¡Baila cha-cha-cha!

CÁLAO

Para Tuppence y Aeron — D. H.
Para Suzie y Freya con amor — N. T.

Barefoot Books
2067 Massachusetts Ave
Cambridge, MA 02140

Este libro fue compuesto en 26/30 pt One Stroke Infant.
Las ilustraciones fueron preparados con acuarelas, creyones, bolígrafo y tinta en papel grueso de acuarela.
Diseño gráfico por Judy Linard, Inglaterra. Separación de colores por Grafiscan, Italia.
Impreso y encuaernado en China por Printplus Ltd

Este libro ha sido impreso en papel de calidad de archivo.

con CD ISBN 978-1-84148-913-1
sin CD ISBN 978-1-84148-265-1

The Library of Congress cataloged the English edition as follows:
Harter, Debbie.
    The animal boogie / Debbie Harter.
    p. cm.
    Summary: Rhyming text presents animals as they dance their way in and around the jungle. Includes music.
ISBN 1-905236-22-0 (pbk : alk. paper)
1. Children's songs, English-texts. [1. Animals-songs and music. 2 Jungles-songs and music 3. Songs.]
[Title. PZ8.3.H257Ani2005 782 42'083-dc22[E]2005013843

3 5 7 9 8 6 4